Les Cauchemars du petit géant

D1081760

Données de catalogage avant publication (Canada)

Tibo, Gilles
Les Cauchemars du petit géant
(Mini-Bilbo : 4)
ISBN 2-89037-708-3
I. Titre.   II. Collection.
PS8589.I26C38 1996   jC843'.54   C96-940509-X
PS9589.I26C38 1996
PZ23.T52Ca 1996

 Conseil des Arts   Canada Council
du Canada   for the Arts

Nous reconnaissons l'aide financière du gouvernement du Canada
par l'entremise du Programme d'aide au développement de l'industrie
de l'édition (PADIÉ) pour nos activités d'édition.

Gouvernement du Québec – Programme de crédit d'impôt pour
l'édition de livres – Gestion SODEC.

Les Éditions Québec Amérique bénéficient du programme de subvention
globale du Conseil des Arts du Canada. Elles tiennent également à
remercier la SODEC pour son appui financier.

Québec Amérique
329, rue de la Commune Ouest, 3e étage
Montréal (Québec) Canada H2Y 2E1
Téléphone : 514-499-3000, télécopieur : 514-499-3010

Dépôt légal : 2e trimestre 1997
Bibliothèque nationale du Québec
Bibliothèque nationale du Canada

Révision linguistique : Diane Martin
Mise en pages : Julie Dubuc
Réimpression : février 2005

Les Cauchemars du petit géant

GILLES TIBO
ILLUSTRATIONS : **JEAN BERNÈCHE**

QUÉBEC AMÉRIQUE jeunesse

Du même auteur chez Québec Amérique

Jeunesse

SÉRIE PETIT BONHOMME
Les mots du Petit Bonhomme, album, 2002.
Les musiques du Petit Bonhomme, album, 2002.
Les chiffres du Petit Bonhomme, album, 2003.
Les images du Petit Bonhomme, album, 2003.

SÉRIE PETIT GÉANT
Les Cauchemars du petit géant, coll. Mini-Bilbo, 1997.
L'Hiver du petit géant, coll. Mini-Bilbo, 1997.
La Fusée du petit géant, coll. Mini-Bilbo, 1998.
Les Voyages du petit géant, coll. Mini-Bilbo, 1998.
La Planète du petit géant, coll. Mini-Bilbo, 1999.
La Nuit blanche du petit géant, coll. Mini-Bilbo, 2000.
L'Orage du petit géant, coll. Mini-Bilbo, 2001.
Le Camping du petit géant, coll. Mini-Bilbo, 2002.
Les Animaux du petit géant, coll. Mini-Bilbo, 2003.
Le Petit Géant somnambule, coll. Mini-Bilbo, 2004.
Le Grand Ménage du petit géant, coll. Mini-Bilbo, 2005.

SÉRIE NOÉMIE
Noémie 1 - Le Secret de Madame Lumbago, coll. Bilbo, 1996.
  • Prix du Gouverneur général du Canada 1996
Noémie 2 - L'Incroyable Journée, coll. Bilbo, 1996.
Noémie 3 - La Clé de l'énigme, coll. Bilbo, 1997.
Noémie 4 - Les Sept Vérités, coll. Bilbo, 1997.
Noémie 5 - Albert aux grandes oreilles, coll. Bilbo, 1998.
Noémie 6 - Le Château de glace, coll. Bilbo, 1998.
Noémie 7 - Le Jardin zoologique, coll. Bilbo, 1999.
Noémie 8 - La Nuit des horreurs, coll. Bilbo, 1999.
Noémie 9 - Adieu, grand-maman, coll. Bilbo, 2000.
Noémie 10 - La Boîte mystérieuse, coll. Bilbo, 2000.
Noémie 11 - Les Souliers magiques, coll. Bilbo, 2001.
Noémie 12 - La Cage perdue, coll. Bilbo, 2002.
Noémie 13 - Vendredi 13, coll. Bilbo, 2003.
Noémie 14 - Le Voleur de grand-mère, coll. Bilbo, 2004.

La Nuit rouge, coll. Titan, 1998.

Adulte
Le Mangeur de pierres, coll. Littérature d'Amérique, 2001.
Les Parfums d'Élisabeth, coll. Littérature d'Amérique, 2002.

Pour
Sylvain Tremblay,
petit géant
debout
sur une montagne de papier.

1
Le pays des géants

Depuis ma naissance, je vis au pays des géants.

Le plus grand des géants,
c'est mon père. Il a de
grands pieds avec de
grands souliers, une grande
tête avec un grand

chapeau. Il possède aussi
de grandes mains et une
grande automobile.

Moi, je suis tout petit. Je
m'appelle Sylvain.

J'ai un gros problème. Je suis trop sensible. Je fais des cauchemars avec tout. Ma mère me l'a dit :

— Sylvain, tu es trop sensible, tu fais des cauchemars avec tout !

Si je vois un chat, je fais un cauchemar de souris poursuivie par un gros matou. Si je joue au ballon, je fais un cauchemar de ballon qui éclate. Si je regarde un nuage, je fais un cauchemar de pluie !

Chaque nuit, je me sauve dans le lit de mes parents. C'est le meilleur endroit du monde pour ne pas avoir de cauchemars. La preuve :

mes parents, eux, ne font
jamais de cauchemars !

2
Le lit de mes parents

Même s'il reste beaucoup de place dans leur grand lit de géants, je n'ai pas le

droit de dormir avec mes
parents. Mon père me l'a
dit :

— Sylvain, tu ne dois pas
dormir avec nous !

— Même si je fais un
cauchemar très grave ?

— Seulement si tu es
malade.

Alors, je tombe souvent malade en plein milieu d'un cauchemar. Je les rejoins et je me faufile entre les deux. Ma mère dort comme une bûche. Mon père marmonne :

— Que se passe-t-il, Sylvain ?

— Rien... je suis malade !

— Malade de quoi ?

— Malade du rhume et un peu du nez !

J'ai déjà été malade d'un bobo dans la gorge, d'un rhume des oreilles et du mal de cœur de la tête au complet. En plus, j'ai déjà souffert de la maladie des pieds froids, d'un mal de ventre sous les fesses et d'une crampe dans la gorge...

Mon père sait toujours si je suis malade pour vrai. Il pose sa grosse main sur mon front et il attend.

Il ne se trompe jamais. Il murmure toujours :

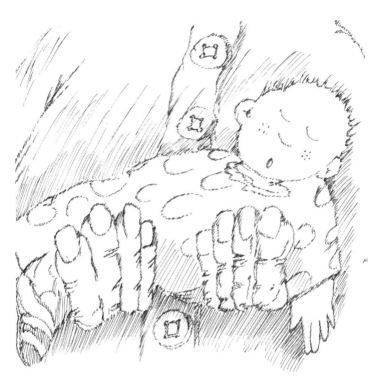

— Gnn... Gnn... Gnn...

Puis il me transporte dans
mon lit froid. Je lui
demande :

— Viens-tu dormir deux
minutes avec moi ?

Il répond toujours la même chose :

— Bonne nuit, mon grand !

Bonne nuit ! Bonne nuit ! Facile à dire. Moi, je voudrais dormir dans un lit si petit que les monstres et les bêtes féroces ne pourraient pas se cacher dedans !

3
Les croûtes

Tous les matins, je me
réveille surpris de ne pas

avoir été dévoré pendant la nuit.

Au petit déjeuner, ma mère répète :

— Sylvain, mange tes croûtes pour devenir grand comme un géant.

J'ai rêvé que j'avais mangé tellement de croûtes que j'étais devenu trois fois plus grand qu'un géant normal. Je ne pouvais plus entrer dans aucune maison. Je devais coucher dehors,

même en plein hiver.

Après ce cauchemar, j'ai couru dans le lit tout chaud de mes parents. Mon père a crié :

— Sylvain, arrête de me réveiller avec tes pieds glacés!!!

4
Les oursons

Quelquefois, je suis fatigué d'être petit. Je joue au géant avec mes oursons.

Je deviens leur chef et ils doivent m'obéir. Les oursons n'aiment pas obéir. Alors, je me fâche :

— Brossez vos dents ! Lavez vos mains ! Couchez-vous et dormez tout de suite !

Je suis trop petit, ils ne m'écoutent pas. Quand je deviendrai un géant, je serai dompteur d'oursons !

J'ai fait un cauchemar épouvantable. J'ai rêvé que

mes oursons ne m'aimaient
plus. Ils avaient quitté ma
chambre et marchaient
comme des fantômes sur
une route remplie de gros
camions.

Je courais entre les roues
des camions pour sauver
mes oursons. Un camion m'a
frappé, bang! J'ai fait trois
pirouettes dans les airs et je

suis retombé... dans le lit de mes parents. Mon père a crié :

— Sylvain! Que fais-tu dans notre lit avec tes quinze oursons?

Mon père ne sait pas compter, j'en ai dix-sept!

5
Les chiens

J'aime les chiens!

Quand je marche sur le trottoir, ils me lèchent les joues. SCHLAP! Ils me font des lichettes dans le cou. Ils m'adorent, surtout si j'ai mangé des tartines et qu'il me reste un peu de

confiture sur le bord des lèvres. SCHLAP! SCHLAP! SCHLAP!

Quand je deviendrai un géant, je nourrirai les chiens perdus. Je me pencherai pour qu'ils me lèchent les joues.

J'ai rêvé d'un chien. Son maître le promenait toujours en laisse. La laisse était si longue que le chien pouvait se rendre jusqu'à la lune pour faire pipi!... Ça, c'est drôle!

Ce qui est moins drôle, c'est que j'avais une grosse envie. J'ai voulu rejoindre le chien sur la lune... en passant par la chambre de mes parents.

Mon père a crié :

— Non ! Ce n'est pas vrai ! Sylvain, tu as fait pipi dans ton pyjama ! Tu as mouillé notre lit !

Pour qu'il me pardonne, j'ai promis de ne plus rêver au chien sur la lune.

6
Au parc

Au parc, j'aime bien me
balancer avec mon père. Il
me pousse tellement haut

que je touche les nuages
avec mes pieds.

Il ne me pousse jamais
longtemps parce que ça
l'épuise. Il répète toujours :

— Sylvain, ça m'épuise !

J'ai rêvé que je me balançais tout seul au parc. Sous la lune ronde, je sautais le plus loin possible dans le sable.

Une fois, j'ai pris un élan formidable. Je suis monté dans les airs et je suis resté là. Je flottais comme un ballon au-dessus des balançoires. Je ne pouvais plus redescendre.

Un bon géant qui portait une casquette m'a reconduit dans le lit de mes parents... Mon père a crié :

— Sylvain ! Cesse de sauter dans le lit avec tes souliers pleins de sable ! Il est trois heures du matin !

7
La télévision

Je regarde la télévision tous les jours. Ma mère dit que ce n'est pas bon pour moi. Elle répète toujours :

— Sylvain, ce n'est pas bon pour toi !

Grâce à la télévision, je connais la vie des animaux. Le plus gros, c'est l'éléphant

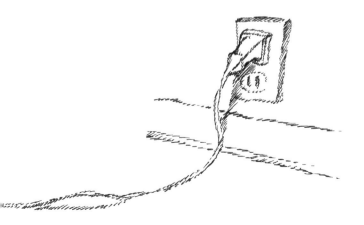

d'Afrique. Il est tellement énorme qu'il remplit la télévision au grand complet.

Pour la souris, c'est le contraire. Elle est toute petite dans l'écran.

Une nuit, j'ai rêvé que je regardais les aventures d'une petite souris à la télévision. Je me suis approché pour la voir de près et je suis tombé dans l'écran.

La souris s'est enfuie. J'ai

couru pour la rattraper. Je
me suis perdu et j'ai pleuré.

Je me suis retrouvé dans
le lit de mes parents encore
une fois. Ma mère a hurlé en
jetant les couvertures par la
fenêtre :

— Une souris dans le lit ?
Où ça, une souris dans le lit ?

8
Les oiseaux

Les oiseaux ont de la chance. Ils sont tout petits, mais ils peuvent voler plus haut que les nuages, plus

haut que la tête des
géants.

Moi aussi, j'aimerais
m'envoler, regarder en bas

et surveiller les géants.

J'ai rêvé d'un oiseau. Il volait tellement haut qu'il s'est cogné la tête au ciel! Il est tombé dans un lac.

Un autre oiseau est passé par le trou de la lune. Il n'est jamais revenu sur terre.

Un autre oiseau a volé tellement haut qu'il a eu le vertige. Il est tombé... dans le lit de mes parents. Mon père a crié :

— Sylvain ! Cesse de répéter PIT ! PIT ! PIT ! Te prends-tu pour un oiseau ou quoi ?

9
L'arbre

Pour jouer au géant, je grimpe dans un arbre et

monte
jusqu'au
sommet. Assis
sur la dernière
branche, je crie :

— Regarde, maman, je
ressemble à un géant !

En bas, ma mère court
partout. Elle crie des choses
que je ne comprends pas à

cause du vent dans les feuilles.

Les pompiers arrivent avec leur gros camion rouge.

Dans l'échelle, un pompier dit :

— Ne t'inquiète pas ! Ça va bien aller !

Je ne suis pas inquiet, je ne joue jamais avec des allumettes.

J'ai rêvé que je
jouais avec des
allumettes. J'en ai
allumé une. Elle m'a brûlé
la main.

Je l'ai lancée par terre.
Elle a brûlé le tapis, brûlé
mon lit, puis ma chambre,
puis la maison. Mon père et
ma mère brûlaient. En
courant, ils brûlaient tout sur
leur passage. Les maisons

s'enflammaient une à une.

Tout le village brûlait. Les oiseaux en feu allumaient d'autres villages. Toute la terre brûlait, même le soleil et les étoiles.

J'ai sauté dans le lit de mes parents en criant :

— AU FEU ! AU FEU !

Mon père et ma mère ont sursauté. Ils m'ont pris par la main. Nous nous sommes retrouvés dehors, en pyjama sur le trottoir.

Pour me faire pardonner, j'ai dit :

— Quand je serai grand, j'inventerai des allumettes qui ne s'allument pas.

10
Mon voisin d'en arrière

Jérôme, mon voisin d'en
arrière, est beaucoup plus

grand que moi. C'est un
demi-géant. Il veut toujours
voler mon vélo. Il veut se
battre avec moi.

J'ai rêvé du voisin d'en arrière. Je me sauvais en pédalant très fort. Sous la lune blanche, je traversais des déserts et de grands

pays glacés. Les gens ressemblaient à des statues de sable et de neige. Au loin, j'ai vu de grandes villes pleines de lumières. Des villes de géants. Ils avaient descendu toutes les étoiles du ciel pour les coller sur les fenêtres de leurs maisons.

En tournant le coin d'une rue sur mon vélo, j'ai perdu l'équilibre et je suis tombé... dans le lit de mes parents. Mon père s'est fâché. Il a crié très fort :

— Sylvain ! Là, tu exagères, que fais-tu dans notre lit avec ton vélo ?

Moi, j'ai répondu :

— Ce n'est pas de ma faute si j'ai des cauchemars dans la tête !

11
Chez le médecin

À cause de mon problème de cauchemars dans la tête, mes parents ont dit :

— Sylvain, tu nous accompagnes chez le médecin !

Le médecin, avec des
instruments, regarde dans
mon corps, mais surtout
dans ma tête. Il dit :

— OH !... OH ?... OH...

Mes parents répondent :

— AH ?... AH !... AH...

Le doigt en l'air, le

médecin dit :

— C'est une question de temps, ça passera !

Mes parents soupirent :

— OUF !

En sortant de l'hôpital, je dis :

— Bon ! d'accord, je ne ferai plus jamais de cauchemars… si vous

m'achetez un cornet de
crème glacée.

J'ai mangé trois cornets à
quatre boules !

J'ai mangé trop de
crème glacée, j'en ai fait un
cauchemar. J'ai rêvé que le

docteur
ouvrait ma
tête et rentrait
toute sa main à
l'intérieur. Il en sortait des
cauchemars et les jetait
dans une poubelle géante.
La poubelle débordait de
crème glacée !

Je me précipite dans le lit
de mes parents en criant :

— Le docteur vient de

jeter tous mes cauchemars à la poubelle. Ma tête est vide ! Je suis guéri ! Je ne vous réveillerai plus jamais !

Mon père marmonne :

— Gnn... Gnn... Gnn... pour fêter ton dernier cauchemar, tu peux dormir ici...

Couché entre mon père et ma mère, je ferme les yeux et me demande : que pourrais-je bien inventer la nuit prochaine pour dormir avec eux ?...